현대시세계 시인선 121

# 세 개의 심장이 뛰는 연못

이연자
시집

# 세 개의 심장이 뛰는 연못

이연자
시집

도서출판 북인

## 시인의 말

호미의 끝과 돌부리 부딪칠 때
번개가 튀었다
힘겨루기라고 하지만
그건 한쪽이 긁혔다는 증거
뽑고자 하는 힘과
버티려는 힘이 부딪치는 신호랄까

나는 그걸 끝과 끝이 만나는 소름이라고
부른 적이 있다
호미 탁탁 치면서 초여름 속에서
나오지 못한 어머니,
어머니 몸에서는 그림자가 나오지 않았다

두 발로 설 수 없으니
동네어른들은 저것이 날벼락이라고 했다

가끔 날벼락 칠 때, 당신 생각이 났다

2020년 7월 17일
이연자

## 차례

## 2부 흥얼거리는 나의 노래

**3부 애야, 듣고 있는 거니?**

**4부 빛이란 눈을 얻는다**

1부

# 빛나는 것들이 있다

# 돌미나리

돌미나리는 돌미나리
물결이 일어섰다 주저앉는 곳이라면
잘 자랍니다

속눈썹 파르르 떨고 있는 돌미나리의 이마
가지런한 푸른 이빨을 내보이면

그땐 소풍 가는 날
돌미나리는 노을과 섞이지 않아
샘물 맛이 난다고 합니다
돌미나리에 붙어 자라는 거머리들
얇은 그림자를 말리고 삽니다

물방개와
개구리와 물뱀의 소란을 머금은
돌미나리,
뜯기며 산다는 것을 모릅니다
다만 돌미나리는
물비린내를 피우고 여울을 감고 삽니다

# 소금의 길

당나귀에 소금가마니 달고 가는 길
비엘리츠카 소금광산*을 지나온 길
모두 지워지고 없었다
아니 길은 처음부터 없었는지 모른다

후미진 골짜기,
오래 전에 죽었던 메밀꽃들이 다시 피었다
소금 빛으로 목숨값을 다시 틔우는 일
저 당나귀의 이빨만이 잘 알고 있으리라

세상 풍광을 바꾸는 데 능하다는 소금
슬레이트 창고의 바라지창에서
소금 한 움큼씩 물고 있는 자작나무의 환영이
새어나올 것만 같다

설산 저 끝까지 걸어가서 잠을 누이는 새가 있다
노새라고 불리는 것들이 있다
제 몸의 무늬들이 희끗하게 빛나는 것들이 있다

당나귀는 죽을 때까지 제 발굽 상하지 않게

길을 걷는다고 한다
소금이 만든 피가 발굽의 뒤꿈치까지 휘돌고 있으니

당나귀와 함께 걷다보면 어스름질 때만 보인다는
소금의 길을 나는 막 지나왔다

*폴란드.

# 오래 낮아지는 법

앵두나무 울타리, 북쪽으로 섰다

나는 북쪽에서
돌부리를 키우고 새 발자국도 키우고 있는 사람

노을을 이불로 당겨와서 초저녁잠을 자볼까?
배웅할 수 없는 어떤 안부를 거기에 숨겨볼까?

허리까지 낮아준 높이에서 다시 새순이 자랐다
앵두나무
힘껏 가지 뻗어 허공을 만진다

젠장, 전지가위가 또 한낮을 쓸고 간다
저 그물망에 초록빛도 걸렸다지만
지금은 냄새만이 유월의 오후를 자르고 있다

앵두나무 울타리, 밤새 앓으리라
나비와 벌이 와서 상처마다 어둠을 바른다

달이 머물다가면 다시 상처에서 싹이 돋으리라

나는 북쪽에서
오래 낮아지는 법도 삶의 일부임을 알게 되었다

## 물비늘 성당

해가 지는 것은 한순간이었죠 해안선이 기둥으로 일어서자
물결문양 지붕엔 기도 올리는 손목이 보였지요

이곳 사람들은 손목 앞에서 소원을 올리는 버릇이 있네요
수도원 창마다 노을은 기도를 위해 번져왔으리라 생각해요

어둠이 뭍으로 닿는 순간 물의 도시가 솟구치네요
저무는 바람에도 별이 쌓이고 다시 저녁이 벗겨질 때
침묵이라는 말은 검은 옷 입은 수사의
은수저 한 벌 같다는 생각을 했죠

노을에서 종소리가 났어요 발자국 묻어둔 자리에서 달이 떴고요
저 물의 십자가 아래 기도하는 소녀
은비늘로 몸을 이룬 것들에게 믿음이 간다고 했어요
해질녘이면 제 몸이 타닥타닥 타서 소금이 된다는
물그림자,
백 년 저쪽에서 건너온 해골의 지붕일까요?

물비늘의 언덕에서 짙게 숨겨져 있는 성당
그런데 나의 하느님을 어디에 계실까요?
파도 면류관을 쓰고 길이 되었다는 소문만 들려요
이제 나는 돌과 못 박혀도 아파하지 않을 거예요

# 나의 지중해

나의 지중해, 울진!
거기 금강소나무가 뱉어낸 구름이 있다

소나무에서 송진이 굳어가듯
걸어온 길에서 노을을 보았다
왜 다정한 것들은 봄눈처럼 녹아야 하나
어김없이 돌아오는 것들은 푸른 빛이어야 하나

나는 나의 지중해에 와서야
어떤 것이 아름다운 것인가, 오래 골몰하였다

가락지 빼낸 자리에 흰 달이 자라 있듯
안경 쓰윽 닦고서야 소나무의 적막을 찾았다
金剛, 단단한 것이 아니었다
나무 속에 흐르는 물소리였다

저 물소리는 노을을 낳고
노을은 저무는 시간으로 흐른다

나의 지중해에서

소나무 공기 속으로 침잠하고 싶어
나는 벼랑 냄새 가득한 길로 흐르고 싶어

금빛 너울지는 것을 본 것만 같았다
눈동자 닦고 나니, 모다깃비* 지나간 저녁이
내 영혼의 피가 되고 있었나보다

*뭇매치듯 한곳에 모아져 쏟아지는 비.

# 새알 우체통

새떼 그림자가 촉촉해
새소리 지문들 봉투와 상자에 찍혀 있다
물빛들, 산빛들
노을 우체통에서 만나고 있다

제 안의 어둠을 보기 위해
몸을 튕기는 물고기의 저녁
구름으로 만든 의자
우체통 앞마당엔 달을 삼킨 삼나무가 한 뼘 커 있다

호랑가시나무 애벌레가 날아와도
우체통의 붉음은 사그라지지 않는
우체통은 눈에 잘 띄는 곳에 있으니까

새의 발바닥이 짓물렀던 날,
의지할 데라곤 우체통밖에 없었나봐
나비는 개망초 핀 오월의 저녁을 빨아먹고서야
낮에 온 편지봉투에 붙어 있었다

새알은 무늬가 짙어지고 나는 여태 편지를 가지러

가지 않았다 알 속에서 날개를 꿈꾸는 새를 위해
우체통에서 날개 소리 들리지 않을 때까지
세금고지서 따위는 그냥 잊고 싶었다

# 표범의 봄밤

유리창은 빛의 골짜기를
매화나무는 그 골짜기로 도망가려고 흰 빛을 틔웠고요
나를 의자에 앉혀놓은 매화그늘
그을음 많은 나를 꽃가지에 숨겨주면
매화꽃나무에서 나는 표범, 스무 개의 발자국을 읽어요

성냥개비같이 울음이 붉은 까마귀도
매화나무에 가까이 오지 않죠
매화꽃잎은 발톱일까요? 표범일까요?
달과 함께 톡톡 눈을 뜨면
매화나무는 항아리 모양이 되나봐요

매화꽃은 낮에 피지 않고
꼭 달밤에만 제 냄새를 피워요
상자를 좋아하는 표범 같네요

달의 피로 얼룩을 지우는 것은 매화인지
표범인지
나는 달항아리* 둥글게 오므리는 소리를 읽어요
반쯤 썩어문드러진 둥치,

쌀밥 한 그릇처럼 비워지는 소리가 들려요
나는 봄밤에 대한 예의도 없이
표범의 털과 뼈로 뭉쳐진 봄밤과 함께
항아리 속으로 들어가는 꿈을 꿨죠

* 김환기 화백의 그림.

# 책 속의 무덤

인쇄소기계 골목에 사는 종이 여자
날마다 페이지가 반듯한 책들을 먹고 산다

반은 활자
반은 잉크로 만들어진 책의 꿈을 꾼다
손 베이면 칼인데
칼보다 무서운 것이 호젓한 문장이라는 것을 안다

각과 면을 칸칸 이루는 생활의 빛도
책이 되는 걸까?

나무 그늘이 출렁, 인쇄기계에서 숨을 고를 때
산길로 내려오는 저녁이 홀로 피어난다

활엽의 무늬들이 상처 많은 여자의
손가락에 어려 있을 것이다
종이에 베인 상처가 나무의 눈일 것이다
그 눈엔 자글자글 끓는 새소리가 있을 것이다

쿨럭쿨럭 흰 깃털을 뱉어놓는 인쇄기계

바람을 실컷 마시면
인쇄공 여자, 손가락 하나 잃은 것도 잊으면서
책에서 밥이 나온다고 믿을 것이다

골목에 뜨는 저 달이 이슥해질 때
저 종이 여자
나, 죽으면 책 속의 활자무덤에 묻어달라고 했다

## 장미 폐차장

때이른 비, 폐차장에 온 바퀴의 녹이 파문집니다
쇠와 기름 냄새는 무지개 한 송이로 핍니다
골목의 뼛속에서 시작된 당신의 장미는 축축합니다

당신은 불꽃 내미는 한낮을 좋아하는데
오늘도 고물이 된 바퀴들은 쿵쿵 떨어져 나옵니다
철근이 된 구름들도 떨어져 나옵니다
번호판을 지운 바퀴들
장미 곁에서 또 다른 이름이 생기도록
무릎 꿇고 기도하는 중입니다

장미과에 속하는 것은 저 불꽃을 두고 하는 말입니다
산소용접기는 하나인데
당신의 손에서 수만 송이 장미가 피어납니다

불의 이름을 불러다 먹고 산 당신
불의 아들이면서 장미의 아버지라고 부르겠습니다

저 쇠들은 사실 붉게 달궈진 장미에서 나온 것임을
장미가 검다는 것은 쇠가 되는 꿈을 꾸는 거랍니다

쇠밥을 먹고 사는 당신,
장미 폐차장에서 줄기 가득한 것을 솎아내고 있습니다

# 남방큰돌고래

남방큰돌고래 울음소리를 유리병에 담기 위해
대정읍 해안가를 걷고 있다
희고 파랗고 투명한 바다에서 좋은 것들만 생각한다

벽에 기대어 사는 넝쿨장미는 훽훽 피어난다지
목을 길게 뺀 달팽이는
수평선을 깎아 잠망경으로 바다를 읽는다지
모처럼 신발 없이 모래밭을 걸어본다
저 희고 아름다운 파도를 유리병이라고 생각한다

파도는 희고 물렁한데 곧잘 남방큰돌고래를 잘 담는다
작은 책상에서 물구나무를 서면서
나는 두통을 앓았는데
이곳에서는 금방 내가 지워진다

초여름은 꼬리지느러미를 타고 오나봐
출렁출렁 눈을 떴다가 감았다가 하는 낮달
아무데나 쓰러져 초록을 짜는 것들이 잘 보인다
빛 가진 것은 지느러미와 함께 살고 싶은가보다

지구 한 바퀴를 돌고 나오는 남방큰돌고래를 쫓아
나는 검은 침묵을 뒤집어써본다
돌들도 숨이 차고 숨이 넘치고 있다
날마다 곪아터지는 것은 병이 아니라 날씨
모래를 털어 파도에 발등을 잠시 담그고
구르는 것은 모래이고 바다인데
나는 남방큰돌고래의 유전자를 가졌나
오늘은 내가 떠날 방향을 알지 못한 채로
안녕, 인사하며 오래 머물다가고 싶다

# 하화도 소묘

누가 벗어던져두고 갔나, 저 꽃신

날이 어두워지면서 동백은 불길을 피워낸다
꽃신에 번진 물기를 말리기 위한 까닭이다

얼마나 깊이 들어왔을까, 꽃나무들이
살길 놓치지 않으려고 물소리를 펼치고 접는다

뒤꿈치 긁다가 나도 꽃나무에 얽혀본다
꽃나무는 고향집 마당까지 나를 끌고 간다
금빛 초록이자 어미 냄새 잊어버린 지
너무 오래되었지만, 내 잠이 자꾸 시끄러워진다

꽃가루처럼 기침을 토해내는 어미, 나를 낳고
바다를 등에 지고 다니는 소라게가 되었다는데
나는 낙타도 아닌데 꿈길을 잘도 건너간다
아니 어미의 무덤을 끌어올리는 밧줄이다

절벽무늬 모여 어미 눈썹 그리는 것이
아름다운 태몽이었다면

나는 몸부림치는 꽃신 가까이 어미가 있다는 것을 안다

물총새 날아갔다가 되돌아오는 저녁인데
꽃신은 별과 달이 엉키기 전에 나를 알은 체한다
절벽에서 떨어져나온 바람처럼
봄눈 이고 가는 꽃눈처럼
어미는 나를 지켜보고 있었고
나는 꽃신에 누워 있었다

# 호미곶의 재발견

호미곶을 깨우는 건
손이 떠받치고 있는 파도소리다

목이 긴 기린으로 서 있는 등대,
나선형 불빛으로 여름밤을 건너왔을까?
눈꺼풀이 파르르하다

어느 가난한 예술가, 손 하나 만들어놓고
그 손에 해와 달이 앉았다가고
귀신고래의 항로가 된다는 것을 알았을까?

손은 그때부터 호미곶의 꽃이 되었다
종일 시들지 않는 바다를 키운다
나비와 새들이 날아와 머리를 처박아도
파도소리는 떨어지지 않는다

바다를 위해
갈매기라는 울음이란 문장을 새겨놓았다지

뒤통수만큼 환한 손바닥,

비와 눈이 와도 손바닥은 젖지 않는다
손금으로 쓰는 신화,
호미곶은 파도를 총총 키우듯 쉽게 저물지 않는다

# 북극

북극은 여전히 북극
빙산이 파르르 녹고
날마다 불면증이 생겨나고
오늘은 북극곰이 파삭 부서지고
어제 빠진 발톱 하나,
오늘 하나 더 빠진 은빛덩어리 북극곰
빙산의 족보 속에서
바다표범이 우리의 숫자를 생각한다
운명을 짓는 일은
얼음이 얼지 않으니 빳빳함으로 야위어간다

빙하는 북극곰의 노래
발자국은 하나의 돛배
두 시간 후엔 먼 바다로 나가야 하는데
빙산은 바람을 옆구리에 끼고 종일 잠을 잔다
곰발바닥에 뜬 오로라 피었다 진다

# 두물머리의 저녁

물줄기와 큰 물줄기가 만나는 곳
여울이 깊고 흘러가는 것들이 모래 빛을 낸다
저 물의 발자국을 좇아가면
버드나무 밑에 알을 까는 지느러미를 만난다

발자국은 걷는 것이 아니라 찍는 것이다
물길이 닿지 않는 버드나무는
물고기 모양 잎새로 물결을 거슬러오른다

두물머리에서 저녁이 오는 소리를 듣는다
물거울이 잠시 깨진다
무지개빛 지느러미들이 별똥별이다

검고 미끄러운 별자리,
바깥을 허물어야 안을 볼 수 있는데
수면은 안을 허물고서야 밖의 세상을 담는다
작게 병치레하는 것들아
저녁빛으로 왔던 길의 상처마저 씻어다오!

## 옥수수밭 카페

수염 한 가닥 그늘
풀벌레 소리
여름밤을 파는 카페

갈래머리 딸아이와 함께
엊그제 온 것 같은 카페
옥수수밭, 여전히 금빛이다

저런 오두막 한 채 있었으면
들판에 굴러다니는 것들을
모아놓은 카페,
옥수수 바람
책장 넘기듯
제 초침을 다듬고
씨앗을 단단하게 굽고 있는 소리
옥수수수수염 타고 데구루루 굴러 나올 것만 같은데

옥수수 밭을 건너온 나이는 까끌까끌할까?
옥수수밭 일구는 어머니 그림자
여전히 옥수숫대처럼 말라가는 게 보인다

수건으로
몸을 탈탈 터는 것을 좋아하는 어머니가 일군
저 옥수수밭 카페

2부

# 흥얼거리는 나의 노래

# 숯불

벼락 맞아 죽은 참나무

견고한 것들은
드럼통에서 잘 타오른다

춘설 올 때엔
불을 쬐자
불을 쬐면서 꽃이 피는 순서를 생각하자
불을 쬐면서 봄눈 녹는 소리를 들어보자

숯불은 검어지면서 붉어진다
붉어지면서 재가 된다
불의 입술은 새가 아니다
뱀이다

숯불 불덩이 앞에서
밤은 물러가지 않고
나는 드럼통에서 잘 구워진 숯불로 이야기를 짓는다

## 금오도 비렁길*

낯이면 벼랑이 캄캄해지고
밤이면 꽃나무 환해지는 금오도
비렁이라는 말엔 구렁이 한 마리가 살고 있다

금오도와 동백을 잇는
비늘이 검붉게 돋아 있다
돌층계를 닮은 모양이다

동백꽃 잔뜩 뒤집어쓰고 사는 구렁이
저 아름다운 비탈을 위해
절벽 모퉁이를 감아 소나무와 함께 꿈틀거린다

구렁이는 빗줄기를 피하지 않았고
햇볕도 피하지 않았다

누군가 구렁이를 밟고
돌길을 딛을 때마다 금오도는 꽃빛을 틔운다
그건 벼랑이 피를 흘리는 소리

곡선이란 곡선을 다 떼어놓고 사는 구렁이

동백 벼랑에서 허물을 벗고
비렁비렁 옥빛을 뱉어내는 구렁이
고란초와 참가시나무를 제 그늘에 올려놓는다
은폐도 엄폐도 없이 숨을 벗는다

* 벼랑에서 온 말.

# 돌산도 사운드트랙

돌산도에서 마른 미역귀가 올라왔다
허공을 깨트리는 갯바람이
한쪽 귀를 잃은 노모의 바다를 풀어놓는다
후— 하고 숨을 불었다가
귓불이 빨개질 때까지 노모는
전복 이빨자국이 많은 자리와
해가 들지 않는 곳에서 자란 자리를 채집한다

서쪽에서 부는 바람에 말린 미역귀
더러운 것, 피로 씻는 신앙도 채집한다

해거름 향이 코를 찌른다
빳빳한 여름이지만 물에 담그면 금세
내 몸에 뱃길을 내고 물을 흐르게 했다
나는 물숨을 딛고 태어난 사람
종종 노모가 잃어버리는 소리를 찾는다

내가 좇아가다 멈춰버린 저 소리 끝에는
미역귀의 숲이 있다 공명관이 파이도록
나는 돌산도의 사운드트랙을 소라귀로 엿듣는다

## 처음 본 것은
— 공룡 유적지에서

공룡을 마지막으로 본 것은 동백나무
수평선에 제 눈동자를 걸어둔 고래
아니야, 꾹꾹 찍어놓은 새 발자국

한때 공룡은 늪이었고 벼락을 키우는 바위였고
피고름 줄줄 흐르는 굴참나무였을지도 모르지

저기, 저 거북바위는 천 년이 지나도 늙지도 않았다지
뭉게구름은 수면에 잠겨 있어 썩지도 않았어
엎치고 덮치고, 덮치고 엎치는 파도소리
공룡의 목덜미 깊이 흘러들었을 거야

저것 좀 봐, 공룡은 떠나지 않았다니까
화석 그림자 툭툭 털고 일어나고 있어
저 사도와 추도와 낭도가 공룡이야
저 갈비뼈를 잎사귀로 감춘 나무들이
공룡의 뼈라니까
오늘 나는 공룡이 처음 본 짐승이 되었어

# 세 개의 심장이 뛰는 연못

나의 아름다운 연못엔 연꽃의 엽서가 있다
연꽃무늬를 입어야 하는 잉어가 있다

연꽃으로 된 이야기는 파문으로 사라진다니까
산 넘어온 국수비를 통해서
잉어는 연못의 그림자를 삼킨다
제 이마와 눈과 코가 빛나도록
반은 기이하게 어두운 그림자를 삼킨다

잉어가 입는 것은 빗소리가 아니다
연못이 입고 가는 구름 많은 계절이다

잉어의 빛으로 연못이 출렁거릴 때
연못의 등뼈가 되는 가시연꽃
고독이라는 가시를 키운다
한 치씩 불었다가 다시 내려앉은
새소리와 물소리와 바람소리는 부레가 되었다

세 개의 심장으로 빗소리를 타전하는 연못
잉어는 무지개를 뱉어낸다

연못 속에서 춤을 추는 꽃의 비늘이 아름답다
어지럽고 기분이 좋은 물방개들이 날아온다

# 이층집

나는 이층집 화분에 끌리고 있다
꽃그늘에 끌리고 있다 계절을 접어놓는 화분에 끌리고 있다
아래층 뿌리 그늘을 읽는 소리에 끌리고 있다

뿌리로 일층을 읽는다 귀머거리 남자가 산다 남자는 담배를 덥석, 물었다 놓는다 손에 붕대 감은 남자, 일주일 전부터 금형공장에 나가지 않는다 나는 충고를 하지 않는다 집에서의 충고는 목숨을 담보로 둬야 하니까

오늘 아침엔 고양이가 이층으로 오른다 테라스가 아름다운 집, 그늘이 좋은 아래층, 소리와 냄새로만 대화를 한다 헛기침 소리와 화병의 물이 흐르는 아침, 이층집의 여자는 벽에 못을 박아 액자를 걸었다 그것은 해바라기 그림이거나 수레를 끌고 가는 그림이다

어깨 위에서 망치질을 할 때, 여자는 균형을 잃었고, 처음으로 쿵, 하고 체중을 찍었다

저 이층집, 나의 창에 들어와 나는 끌리고 있다

고양이도 빠져나올 수가 없었다
씨방 많은 저 화초들의 꿈마저 갇혀 있다
나는 건너편의 창이다

## 진흙 보석함

연꽃은 두통을 앓을 때
꽃이 피고
뿌리마다 구멍이 뚫린다고 해요

늪이 차곡차곡 쌓인 연꽃,
작은 씨앗들은 아직 보석이 아니죠

군데군데 잉어들이 떠다니고 있어요
잉어들은 그늘 밑에서 빛이 나온다고
입을 뻐금거렸죠
청개구리 뛰자
물은 방향 없이 물결무늬를 그렸죠
잘 굴러가는 저 물의 바퀴들
바퀴를 매어놓은 휠이 보여요

저 휠, 물뱀 같아요
늪은 물방개 날개에 맺힌 물방울처럼
연꽃 그늘을 접고 있네요
늪은 늪을 키우고
연꽃엔 진흙 보석함이 매달리겠죠

물장화 신은 아버지, 연꽃도 곁을 줘야 한다며
낫을 들고 늪으로 들어가요
늪을 입고 벗는 아버지, 연꽃으로 들어가네요

## 백야도

백야도엔 검은 골짜기도 있고 산도 있고 논도 있어 좋았다

눈먼 바람이 모래를 쓸었지만 몽돌해변으로 물놀이 간다

저만치 오동나무 그늘에서 때늦은 보랏빛이 지고 있었다

논두렁을 건너는 들밥이 폐가의 지붕을 밝히고 있었다

모나게 사는 것들은 모서리가 없었다 켜켜이 둥글어지고 있었다

파도가 하나의 정T, 돌들이 물무늬로 빛나고 있었다

아물지 않는 상처들이 몽돌로 몸을 바꾸고 있었다

겹겹 물의 붕대를 감고 있었다 나도 상처내고 싶었다

백야도 몽돌해변에서 서걱서걱 뒤통수가 깎이고 있었다

물고기 눈알이 둥근 이유를 알았다

낮고 분명한 바다가 세우고 있었다

파도는 몇 개의 칼날을 쥐고 밀려나오고 있었다

내 몸에 윤기가 자르르 돌기 시작했다

# 모래수도원

물고기는 없었다
바람과 햇빛이 기웃거린다
소나무는 죽었고
제 생을 그루터기로 남겨두었다

그루터기 의자,
무릎 꿇고 있는 여자가 있다
초승달처럼 흰 여자
모래바람이 일어도 꿈쩍거리지 않았다

침묵은 오래된 경전인데
나는 첫 페이지도 읽지 못했다
석불 근처
돌 속의 새와 거북이는 유순하다
지평선도 그곳으로 기울어질까
건반 없는 바람이 나를 두드린다
당신이 부르는 성가
나는 소음으로 가득 채워진 사람

무릎 꺾는 법을 배운다

나도 침묵으로 녹슬어가고 싶다
폐허를 지닌 심장이고 싶다
들풀로 자라는 사월이고 싶다

모래수도원
침묵 속으로 사라지는 곳이라고 했다

# 달 속의 새

월식이 일었다 눈빛을 잃었다
나는 달 속에서 태어난 새다

자작나무는 그림자 짙게 서 있고
나는 부화하기도 전에
자작나무 뿌리에 둥지가 있음을 알았다

날개가 있으나 나는 바람을 일으킬 수 없다
귀가 있어도 소리가 없으니 문 밖 세상을 읽을 수 없다
나는 아직 알을 깨고 나오지 않았다

달항아리는 물빛으로 찰랑거린다
새는 달을 끌어올리는 도르래
발톱에 낀 애벌레의 냄새만
흥얼거리는 나의 노래를 알고 있을까?
달빛이 내 망막을 벗기기까지
도르래를 일곱 번 들어야 했다

그러나 달이 자작나무 숲을 지나오자
밤은 둥지에 박힌 날개를 접었다 폈다 했다

솔방울과 다람쥐는 빛의 후예가 아닌가?
새들의 부리에서 숲은 깊어진다고 믿는다
자작나무 숲은 달무리로 둥그러지고
씨앗들이 바람을 모아 먼 곳으로 날아간다

# 나무 물고기는 죽지 않았다

서리도 밑동으로 젖어 눕는다
고로쇠나무 낙엽을 밟으면 물소리가 부서진다
물소리는 가장 낮은 허공으로 솟는다

한때 나뭇잎은 꽃과 열매의 그늘이었다
그늘이 뿌리라는 걸 초록일 때 몰랐으나
매미가 먼저 죽고
고산지대에서 금풍金風이 불어올 때
초록이 휘어진 길에서 쉬는 영혼임을 알았다

나이테 안쪽으로 번지는 빛의 우물
저 단단해진 수피는 그 어떤 것도 뚫지 못했다

낙엽 끝에서 나는 순환하는 풍경을 떠올린다
금풍이 점점 추위로 어두워져가듯
고로쇠나무는 제 몸이 초록 물고기였던 것을 모른다

나무 물고기 비늘이 저 단풍이다
나무 물고기는 죽지 않았다
털갈이하고 있어 뿌리란 부레로 땅속을 유영 중이다

초록빛을 다시 주워 입을 때까지
고로쇠나무는 얼음이 녹는 이야기를 나이테에 새긴다

# 거문오름

코끼리 귀를 닮은 구름들이 밀려오네요
나는 말처럼 바람을 씹겠어요
챙이 긴 모자 아래
납작 엎드려 있는 건 불면증인데요

거문오름에서 펄쩍펄쩍 뛰어다니는 건 검은 빛이죠
검은 빛을 죽음이라고 말하면 위험하지요
검은 빛은 숲의 기적이라고 불러야겠어요
검은 빛은 나무와 새와 돌과 물을 불러들여요

분수껏 산다는 말을 오래오래 생각해요
어디에나 귀천이 있다고 바다는 말하죠
사표와 씨름하는 딸아이는
계단 아래 쭈그려앉아 풀잎을 씹고 있네요
꽃처럼 귀를 열고
컴컴하게 입을 다무는 것을 생각해요

금지란 팻말이 붙은 곳은 동굴이 파여 있고요
저 동굴에서 용케 살아나온 사람은
영혼이란 검은 빛을 두고 나갔다고 해요

오늘 저 검은 빛은 폐허가 지나간 자리가
아름답다고 말해요 나는 35미터 수직 바람을 처음 맞았어요
불면증의 끝이 보이네요
수평선 위에서 눈 먼 태양이 번쩍 떠오르네요

# 밀밭 허수아비

초록 바람이 북쪽으로 일었지
알알이 부풀어오르는 이삭이 울었지
하늘도 낮빛도 허기져 있는지
검게 검게 집으로 돌아갈 채비 중

나는 쉬지 않고 바람 잡는 허수아비
까마귀 울음은 나를 멈추게 하는 멜로디
저물녘의 긴 그림자를 끌어오곤 했지
나의 춤은 이삭이 윤을 내듯 가볍지

길게 우는 강, 코끼리처럼 무서운 산
그러나 허수아비는
눈코입도 없이 발자국을 내는 꿩을 아네
줄줄이 흩어져 나오는 별자리 쫓아서
밀밭 끝엔 종다리 떼 내려앉을 것도 아네

밀밭 끝엔 지평선과 불덩이가 숨겨져 있네
돌고래가 쫓는 고등어 떼 오는 소리 듣네
오늘도 소문을 녹이는 바람은
밀짚모자로 파고들고, 나의 허수아비는
팔목을 흔들고 빗방울을 껴입네

# 한눈파는 사이

서로가 모르는 밤이 오고 있다
어항엔 물 썩은 냄새가 났다
서로가 모르는 밤이 어항을 덮었다

구피, 까만 지느러미보다 입이 크다
어제는 새끼들이 아홉 마리였는데
오늘은 세 마리밖에 없다
저 큰 입을 가진 어미를 마주치지 말자

화르르 화르르 휘날리는 꽃잎, 구피들
꼬리지느러미와 눈을 갖자마자
재앙을 맞는다
고양이도 없는 어항, 폐활량 작은 구피
가장 불편한 여름이 되었다

텅 빈 어항을 들여다보는데,
아무것도 없다
한눈파는 사이,
저 큰 입이 나를 삼킬 수도 있겠다

## 홍시 은하계

촉촉 빛납니다
홍시를 놓지 않는 감나무
붉고 아름다운 날씨는
구름을 쓸고 바람을 쓸고 있습니다

감나무로 울타리를 두른 집
처마 끝에 둥근 노을이 말라갑니다
벌레 먹는 자리에 흰 빛이 돋습니다
빛들이 서 있는 것들이 저뭅니다
그늘 많은 가지엔 나뭇잎이 뿌리를 덮고 있습니다

울컥울컥 땅의 심장이 뛰는 것만 같습니다
저것을 덮고 잠을 짜는 벌레들이
항아리처럼 몸을 말고 있습니다

홍시,
해가 지면서 더 촉촉 빛납니다

화단이 비좁다고 기어나온 풀들도
허리가 반쯤 꺾여 있습니다

떨어져 깨진 홍시를 뒤집어씁니다
길, 모퉁이에서 날개들의 울음이 시끄럽습니다

홍시를 보고 설산으로 날아가는 새가 있습니다
물컹물컹 익어가는 것은
홍시가 아니라 감나무를 돌고 나온 물소리입니다

아버지 떠나고 없는 집, 홍시 속에서 부리들이 자랍니다
홍시는 흔들리는 가지의 기억으로 채워져 있을까요
아궁이에 불 들어가는 밤엔 서리가 내리고
홍시는 은하계로 둥둥 떠돌지도 모르겠습니다

3부

# 애야, 듣고 있는 거니?

## 목어의 눈동자

나는 저 청평사,
해 그림자 속에서 새소리를 듣는다

저 산빛을 모아 수평선을 만들어놓았던 사람
청평사 목어를 만들었다고 한다

풍경은 제 옆구리를 긁어 파도를 부른다
저녁도 푸르게 내려와 목어를 깨운다
청평한 돌들이 잠들지 않는 산길을 연다

귀먹는 것들과
눈먼 것들은 꽃창살무늬가 되었을까?
꽃빛을 끌고 가는 밤배를 생각한다

저 산문 바깥에 오래 서서
눈꺼풀로 깜박거리는 것은 고기잡이배 불빛일까?

초록이 청평사를 빽빽하게 채울 때
나는 목어 눈동자가 두꺼워지는 소리를 듣는다

# 붉가시나무 정원

해변의 붉가시나무들,
해풍을 가시로 깎아서 그늘로 들인다
지구의 절반이 기우뚱 가시가 되도록
모래밭이 흘러가지 않도록 뿌리를 박는다

수평선 한번 움찔거릴 때마다
나이테를 키우고
파도 소리 자라는 그늘을 키운다

새의 부리는 햇빛과 바람과 비를 부르고
새똥은 풀씨를 몰고 왔다

붉가시나무의 꽃은 붉지 않았다
파도같이 희고 아름다웠다
열매들이 깊어질 때까지

조약돌 오기종기 몸을 깎는 소리
붉가시나무의 정원 속으로 숨어든다
어둠과 물비늘 사이로 오는 저녁
가시가 새들의 발자국을 닮아간다
붉가시나무에서 노을이 배어나온다

# 정육점 이야기

갈고리 외엔 그 누구도 이야기할 사람이 없었다
여기는 정육점, 저울의 눈금이 된 여자가 있었다

고깃덩어리 피를 순하게 머금고 있었다
핏물이 흐릿하고
살덩이들이 묽어지고 있었다

세상에서는 물보다 진한 피가 많다는 정육점
여자는 피처럼 석양이 오래 머무는 곳을 떠올리고 있었다
무기력증이 없는 이 골목의 끝에서
먼 곳까지 산책하는 방법을 생각하고 있었다
여자의 칼이 농담처럼 진지할 때
절망처럼 떠 있는 붉은 빛이 있었다

정육점에서 궁금한 것이 가장 많다고 한 여자
칼이 되어가고 있었다

## 오후 5시의 대능원

오후 5시의 대능원,
끝물인 가을빛이 나를 친친 감는다
단풍 보러왔다가 돌담길에 내려앉는
물빛 깊은 하늘만 바라본다

바람도 힘을 빼고 구름 고인 연못 위를 걷고 있다
소금쟁이들은 벌써 동면에 들었나봐

가을에 뭉친 것들은 가볍거나 단단했다
현기증을 느끼는 일은 시월에만 있는 일일까

그러니까 저리 많고 붉은 것들이
나무 아래 서서 어둑한 부분만 골라 밟는다
나무마다 나이테 긋는 속도는 달랐지만
벌레들은 내진이 올 걸 이미 예상했을까
날개마저 버리고 먼 곳으로 떠났다

해꼬리 가진 별자리, 투구 벗는 소리가 들려오는
발굽 달린 것들이 며칠이고 달려도 좋은
들판이 하늘에 가득했다
나는 대능원의 늑골 속에서 혼자 달을 삼킨다

# 너구리 여럿이다

밤 늦도록 물고기처럼 반짝이는 추위를 쫓아다녔다

통통통 저수지를 밟는 눈발들,
반짝반짝 나의 눈동자를 읽는다
나는 야행성으로 사는 짐승이지만
날개 달린 공중을 걷는 종족이고 싶었다

밤에만 피는 서리꽃이 있듯이
환한 대낮에 죽은 것들을 뜯어먹기도 했다
어제는 비둘기의 장례를 치러줬다
그러나 나는 아스팔트 위에서 죽었다
가죽이 망가졌으므로, 영혼만이 걷는다

눈이 캄캄해지는 밤의 저수지에 뜬 발자국이 오른다
별자리로 오른다
더 이상 발자국 찍을 수 없게 되었다
수면엔 너구리 별자리, 발자국이 여럿이다

# 무당벌레의 등처럼

산모퉁이, 새
물비린내를 감고 산으로 날아가자
코스모스, 저녁 물기로
이마에 빛을 내는 걸까?

소스라치는 것은 저녁만이 아니다
풀벌레 울음 새어나오는 담장
달은 빛의 도끼로 어둠을 찍어낸다

녹음을 베어먹는 가을의 입
저 담장 구멍으로 들어간다
무당벌레의 등처럼
탐조등을 켜고 들어가 제 살 집을 모색 중이다

## 저녁비와 놀다

얘야, 나는 저녁비를 좋아했지만
저녁비가 어떻게 제 발목을 풀어놓는지 알지 못했단다

발목이 부어 있으면 소리가 난다고 믿었단다,
저 황달 걸린 지붕들, 광장의 발 저린 새들을
그늘 속에서 제 발목을 치료하는 중이란다

얘야, 저녁비는 귀잠을 풀어놓고 지나가는구나
나는 비 들이치는 쪽으로
뿌리를 내리는 화분이란다 단단해지는 것과 물컹해지는
경계에서 자라는 작약 뿌리란다

작약 뿌리는 더러운 난장판을 일으킨 적이 없단다
또 한번 캄캄해지기 위해
빗소리 모아 뿌리 짜는 것을 좋아한단다
콘크리트나 쇠를 만나도 두려워하는 법도 없단다
뿌리는 틈으로 번지는 힘이니까

얘야, 듣고 있는 거니?

## 살구비

살구나무 열매
언덕에서 넘어온 한낮을 매단다
초록을 매단다
살구나무 가지 휘청휘청했다

물방울 백만 개쯤 될 것들아
살구나무에 와서
비와 살구의 이름을 묶어 초록여름을 매달자

살구비 익는다고 당신의 복사뼈는 말라간다
봄의 이마를 덮은 양산은
신발장으로 가고
빗소리로 잠을 짜는 우산이 필요할 때다

토요일에 와서 월요일까지
살구비, 살구비
초록을 수거해갈 풍경이 또 왔다
저 길 끝이 노랗다
재개발지구의 우리 집 먼지까지 덮고 갈 것이다

## 저수지의 육체

저물어가는 시간,
물과 빛으로 출렁거리는 구름,
느릿느릿 걸어오는 소금쟁이,
일란성 쌍둥이를 키우는 장구애비의 몸,
모기 애벌레 별자리,
저것들이 저수지의 육체라고 쓴다

바닥에 고인 진흙,
진흙을 먹고 사는 잉어, 붕어, 물뱀,
뗏목 관리인,
금빛 달의 빨래판,
저것들이 저수지의 육체라고 쓴다

저수지는 파문으로 상처를 꿰맨다
가끔 허름한 구두 한 짝을 끌고 온 사람이
제 한숨을 꺾어 수면 위에 띄우고 가기도 했다

물의 체온을 잃은 것, 저수지 육체에서 빠져나간다
저것들이 물의 저녁을 이룬다고 쓴다

# 올빼미는 힘이 세다

폭설이 내린 숲, 나무의 숨은 꺼지지 않는다

나무줄기 속 골목을 따라가면
날개 달린 것들의 항로가 숨어 있다

올빼미는 모래알처럼 눈을 부릅뜨고 어둠을 뚫는다
한낮으로 흐려진 쥐들이 어둠을 흡수하는지
까만 눈알이 번쩍인다

나무의 벽과 벽이 빽빽해도 올빼미는
날개와 부리와 발로 작은 목숨의 그림자를 응시한다

흰 빛이 가득한 북극의 숲이 보이지 않을 때마다
날개를 편다고 한다
저 백지에 시를 쓰는 올빼미는 힘이 세다

나는 저 북극 올빼미를 닮고 싶다

## 옛 집에서 죽으리라

살구나무 지붕을 가리고 있다
지붕을 덮자 더 이상 자라지 않았다
유월, 밤비 소리
살구알 별자리를 마당에 박혔다

살구나무가 있어 그 집,
폐허가 되지 않았다
살구나무가 집 처마를 붙잡고 있다
누가 저 향기를 주울 것인가
그 향기 얼룩져 있다 반점이 눈동자 같다

한입 베어물자 그늘이 씹힌다
그늘은 그늘 속에 물길을 가지고 있다는
어머니의 말을 살구 한 알이 건네준다

나는 살구나무가 키워낸 침묵,
그늘에서 태어났으니 옛 집에서 죽으리라 생각한다

# 동행

슬레이트 지붕을 휘감고 올라가는 호박넝쿨
십일월이 되자 줄기와 잎이 사그라진다

지붕을 딛고 있는 저 찌그러진 달,

저걸 따기 위해 어머니는 사다리를 밟는다
가슴에 금빛을 안고 내려온다

평상 위에서 달을 쪼갠다
달을 얇게 삐져서
다시 지붕 위에 널어둔다

늦가을 오후, 벌과 나비가 날아온다
달 냄새가 지붕을 감싼다

저 달 조각을 호박오라기라고 불렀다

# 소원

초저녁 가장 밝은 별이 되고 싶다던 아버지를
나무에 묻었다

칠월 한낮, 계수나무가 된 아버지 밑에서
일곱 개의 조약돌이 모여 있었다

바람이 잎사귀 사이마다 별빛을 달아주었다
아버지는 또 막걸리 한 말 들이키셨을까?
저녁 어스름 천천히 끌고 와 콧노래 부르는 것만 같았다

거기서 나는 물빛 조약돌들 데리고 와서
사이다 까고 꿋꿋하게 잘 살고 있다고 말했다
그걸 아는지,
잎사귀 뒷면의 빛들이
가장 낮은 입말로 지저귀는 것만 같았다

# 모란이 필 때

담장과 장독 사이

모란이 필 때

밤의 풀벌레도 울지 않았다

모란은 뜰의 마음을 붉게 하고

제비는 처마를 긋고

낮의 빨랫줄은 빨래로 척추를 편다

주먹인 줄 알았던 것들이

색과 빛이 없는 낮달을 찢고 나왔다

모란이 필 때, 오월도 얇아졌다

삼우제의 한낮

모란 꽃잎에서 물굽이 돌아가는

나비의 춤,

입술에 접힌 꽃빛들,

모란이 필 때,

내 슬픔은 더 두꺼워졌다

# 봄의 비상구

맥주병을 뻥! 따듯 하늘이 쏟아져요

내 이름은 배추흰나비예요

담배연기처럼 스멀스멀 내 숨이 사라지는 시간

탈출을 꿈꾸는 눈빛이 단단하게 굳었죠

입을 벌리고 비어 있는 허공을 딛고

허공에도 계단이 있다고 믿어요

빙글빙글 바람이 휘돌고 있어요

남쪽으로 밀려가는 것들이 있는가봐요

나는 장다리꽃 봄바람이 되고 싶어요

나는 봄의 비상구를 열고 있었지요

4부

# 빛이란 눈을 얻는다

# 사막 한 페이지

전갈은 사막의 한 페이지

사막여우가 꽃나무 뿌리를 파는 동안
전갈은 더 깊이 숨으려 한다

금빛 전갈이 왔다
낙타 모양으로 가로 질러가는 노을빛이었다

서늘한 선인장의 옆구리에 걸려 있었다
누가 저 화폭을 박제해놓았나

## 할미꽃 백두白頭

돌무덤 베고도 잘 살았구나
흙빛만 바라본 할미꽃
빗줄기 잡고 굽은 무릎을 폈구나

돌 많은 콩밭에서 쓰러진 어머니
수건을 벗기자
할미꽃처럼 일어났지

깜박 놓친 말
뒤통수에 던졌던 말
파뿌리가 되도록 살라는 말

저 할미꽃 백두
여전히 나의 이마를 두드리네

# 너도밤나무 자벌레

너도밤나무 자벌레는 가장 높은 공중에 달라붙는다

물방울 구르는 소리로 휘파람을 불었다

자벌레는 자도 없이 너도밤나무를 재면서 걸었다

휘파람새에게 제 몸을 내어주면서 공중을 걸었다

휘파람이 되고 싶어했다 자벌레는

그렇게 몸을 쪼개어 휘파람의 몸과 뼈가 된 것이다

너도밤나무는 그것도 모르면서 휘파람새를 쫓아냈다

# 마루 닦다가

고향집 지붕은 폐허가 되었지만
마루는 아직도 반짝거리고 있다

개망초 꽃대 위로 벌나비 날아온다
나는 마루를 닦는다
걸레로 닦는다 땟국물이 흘러나온다

마루에 박힌 무늬들이 해맑다
나이테 지나가는 자리, 때가 끼었다
햇볕과 그늘도 마루에서는 때가 된다

마루는 검은 거울이 되어가는지도 모른다
닦다보니까, 여름 저녁이 온지도 몰랐다
아직 풀벌레소리 오지 않았다

저 얼룩과 함께 초저녁잠을 자고 싶다
마루 닦다가 죽은 할머니, 눈동자
나이테 옹이 빠진 자리에서 엿본 것 같다

# 남향집

남향집 금빛을 쬐면 치매예방에 좋다고 하였다
창을 키우는 남향엔 와락 새떼들이 들어차 있었다

겨울 대파가 파랗게 자라는 이월
문 밖에 서 있는 것은 황해에서 온 바이러스
문고리엔 기침이 걸려 있으니까 사방이 불온하였다

빗소리는 지붕의 못자국에 스몄고
달빛 끌어안고 자는 거미, 더 이상 숨을 쉬지 않았다

희고 아름다운 싸락눈 쏟아지는 밤
저 얼룩들을 꽃별자리라고 불러본다

남향집에 마음을 누으면 몸이 순해진다
자꾸 혀가 천천히 풀어지는 초식동물이 된다

얼굴이 마스크로 지워진 세상
발목은 봄이 오는 산길에 발자국을 찍는다
나는 남향집에서 자발적 격리 중이다

## 모네의 수련들

물고기들이 알을 낳을 때
수련은 약탈자의 보호자가 되려고 하나봐요
잎에 붙여놓은 공기방울들이 지느러미처럼 떠서
연못을 감시하고 있어요

파수꾼이 된다는 것은 아름다운 일
한 모금의 햇빛이 어둠을 털고 일어나듯
수련은 햇빛과 바람의 힘으로 연못을 띄우죠

빛을 잃을 것들
피와 살이 되는 물결무늬 구름들
모네는 탁자를 밖에 내어놓고 앉아 있겠죠
연못 냄새를 붓끝에 새기고 있겠죠

눈알이 생기고 부레가 생기는 물고기들
앙다문 이빨 사이로 피어 있는 수련,
물방개의 낮잠을 지워나갔죠
검고 아름다운 저 모네의 수련 밑에서
물고기들이 자꾸만 태어난다는 것을 우리는 모르죠

## 여자만의 봄

손가락 지문엔 바다가 담긴다
가만가만 붉어지는 노을이 담긴다
여기는 여자만, 여자만 들어갈 수 있는 곳

수평선도 밟지 않는 여자
해와 달은 갯벌을 바른 여자를 안아주라고
해풍을 민다
침묵이라는 보석을 찾듯이
여자는 꼬막을 캔다

물금 그어진 갯벌마다 햇볕과 바람이 미끄러진다
그곳이 숨구멍이자 꼬막수렁이라고 했다
꼬막은 진흙 속에서 하양이란 감정을 키운다
밥풀 모양으로 무리를 이룬다

물소리로 담장을 치고 사는 꼬막
여자는 꼬막의 심장을 켜는 악기
여자의 무릎이 자줏빛으로 둥글어진다
여자만의 봄은 뻘배를 타고 온다

# 오월에 대한 명상

검은등뻐꾸기, 먹빛이다

한 차례 빗줄기 지나갔다
깃털은 젖었지만
부리는 자꾸만 어미를 불렀다

전나무 촛대에 사는 검은등뻐꾸기
입속은 캄캄하지만
저 낮달을 닮은 박새는 숨 가진 것을 자꾸만
물어온다

이 세상에서 가장 조용한 둥지에서
작은 것이 큰 것을 키운다

전나무 향기에도 잔물결 흐른다
그 소리 속에서
검은등뻐꾸기와 박새의 울음이
조용한 오월 속으로 건너오고 있었다

# 곰소항에서

봄눈보다 멀리서 오는 것이 있어
내 귀가 가려워지나보다

꽃눈으로 헤엄쳐오는 새우 떼
삼백육십오 개의 귀를 가지고 있다
달이 비치는 물속
새우 떼는 잠들지 않고 먹지도 않고
봄의 저녁까지 왔다

꽃잎 떨어진 자리, 푸른 것들 둥글어질 때
항아리엔 소금보다 먼저 삭은 것들
수염 긴 새우들, 꼬리와 눈알이 삭는다

뼛속이 비어 있는 게 아니라
제 몸이 수평선이었던 새우 떼
아삭, 베어먹고 달아나는
고양이 달은 아직 돌아오지 않았다

저 눈꽃새우, 반짝, 녹는 사이
항아리와 살구나무, 한 호흡 뱉는다

## 서쪽

비 갠 다음 무지개가 떠오르듯
구두방 시계는 손목이 뻐근하도록
구두코를 반짝이게 닦는다

한낮 눈 치켜뜬 달의 속눈썹도
당신의 풀어놓은 구두끈도
오늘의 향기로 풀려 있다

끈 풀린 구두 눈꺼풀 헐렁해진
오후 당신 얼굴을 닮았다
안감과 겉을 박음질한 당신의 외투엔
터져나온 실밥이 팔랑거린다
햇빛도 제 몸을 윤내고 싶어
구두방 문틈을 기웃거리듯

오늘 하루치의 책임을 다하는 구두의
뒤축이 한쪽으로 기울다
기울어지는 쪽이 서쪽이다
여윈 등을 치대고 있는 해와 달도 있겠다

## 굴참나무와 망종과 아버지

굴참나무 밑에 나는 아버지를 묻었죠
굴참나무 껍질에 사는 참개구리 곡비들,
깨어나는 오월이었지요

나는 물렁한 몸으로 살아가는 영혼들이
잎이 되고 그늘이 되고 다시 열매가 된다고 믿어요

그러니까 굴참나무를 함부로 오를 수가 없죠
매미들도 세상으로 소풍 나와서 좋은 계절
제 뿌리를 찾아가 무지개를 만나듯이
나는 노을 진 곳에 아버지 위패를 모셔두었지요

물방울 촉촉이 뒹구는 나라
한줌 흙으로 가는 길
아버지, 모시나비 애벌레와 함께 지내고 있을까요?

나뭇잎 신발을 신고 무덤은 아직도 자라죠
저기 저, 굴참나무 아버지!
곧 망종亡種이 온다고
안개 줄담배로 톡톡 헛기침하는 소리 들리네요

# 가을밤

불면으로 울음 짜내는 풀벌레들
새떼들과 맨발을 가진 개구리들
아차산의 내장 속으로 들어온다
그 목청들,
출렁출렁 뱀도 아니면서 능선을 넘어간다
꽃단풍 바삐 온다고,
누가 가을밤 지펴놓고 이불 한 채 꾸리겠다

## 호박꽃 스피커

호박넝쿨이 이층집까지 오른다
꽃송이도 하나둘 피어오른다

방충망에 걸린 저 호박꽃 스피커
문을 활짝 열어둘 수가 없어
반쯤 열어두었다

소나기 지나간 오후,
둥글게 부푸는 웅덩이가 있듯
호박벌이 얼룩진 테두리를 만진다

호박꽃 스피커엔
호박벌의 노래가 흘러나온다

호박벌의 노래를 귀담아 듣는 오후
나는 성한 곳 없는 삶도 잘 지나가겠지

호박꽃 떨어지자 애써 숨긴 우주 하나
삼백육십오 개의 물방울 머금고 있었다

# 아차산 모자이크

들어봐, 낯을 가리던 가을빛과 아차산이
오래오래 함께 갈 붉은 구름을 짜내는 걸

잎사귀로 비를 받던 나무 지붕들이
구름과 바람과 계곡을 바꾸는 소리를

뭉게구름을 물어온 단풍나무 씨앗들이
풀벌레 울음소리의 귀퉁이를 깎는 밤
그때 아차산을 채우는 물소리는 더 깊어진다지

아차산 그늘에서 자란 바람 풀은
아차 하는 순간,
풀씨가 눕고
아차 하는 순간,
다시 그늘이 생기길 바라지

아차산에 와서 알게 되었어
먼저 잎 진 것들은 첫눈 오는 쪽으로
기울어져 있어
벌레들은 시린 뼈를 가을빛으로 데우지

아차 하는 순간 나는 그 벌레를 밟았지
내장이 터질 때까지
그러나 가을빛은 벌겋고
아차산은 나를 모자이크로 삼키지

■ 해설

# 소금의 길을 걷는 나귀처럼

조대한/ 문학평론가

## 1. 세계의 경계에서 걷기

입에서 입으로 전승되어온 오래된 설화 속 바리데기라는 이름으로 불린 한 여성이 있다. 어느 왕국의 일곱 번째 공주로 태어난 그녀는 아들이 아니라는 이유 하나로 이름처럼 버려진 아기가 되었다. 그것만으로도 충분히 기구한 운명일진대 아이를 내다버린 죄로 병들어 죽게 된 아버지를 구하기 위해, 바리공주는 기나긴 여정을 떠나야만 했다. 현실 너머 저승세계로 나아가는 긴 여정 동안 그녀는 지옥에서 신음하는 이들을 구해주고 갖은 어려움을 거친 뒤 가까스로 목적지에 도착한다. 그곳에서 한 무장 신선과 만나 일곱 명의 아들을 낳고 오랜 세월 고된 일을 하며 공덕을 쌓은 후에야, 그녀는 불사의 약을 들고 다시 이승으로 돌아와 죽은 아버지를 살려낸다. 그 공으로 바리공주의 아이들은 칠성이 되었고 그녀는 세계의 경계를 넘나드는 이들의 신이 되었다.

이 오래된 이야기를 서두에서 꺼낸 까닭은 이연자 시인의 첫 번째 시집 『세 개의 심장이 뛰는 연못』에서도 세계의 경계에서 고행의 길을 걷고 있는 듯한 시적 화자가 종종 발견되기 때문이다. 가령 시집의 두 번째 시 「소금의 길」을 살펴보면 어딘가로 한없는 길을 걸어가고 있는 '나'의 모습이 등장한다. 당나귀에 가마니를 얹고 떠나는 그 "소금의 길"은 바리데기가 아버지의 죽음을 짊어지고 떠났던 고난의 길처럼, 차안과 피안의 경계에 놓인 도정처럼 보인다. 그 길에 소금이라는 수식어가 붙은 것은 그렇기에 여러모로 상징적이다.

소금은 그 자체로 필수적인 음식물이기도 하지만 신과 인간 사이에 놓인 매개물이기도 하다. 음식의 부패를 막는다는 점에서 소금은 성스러운 정화의 힘을 지닌 물질로 받아들여져 왔으며, 특히나 기독교의 성서에서는 신으로부터 부여받은 사명이나 둘 사이의 관계 등을 빗대는 계약의 증거로서 활용되기도 했다.

해당 시편에서도 소금은 "오래 전에 죽었던 메밀꽃들이 다시 피"어날 수 있도록 "목숨값을 다시 틔우는 일"을 맡고 있다. 삶과 죽음의 경계를 넘나드는 그 기적 같은 소금 길은 이 세계에서 쉽사리 발견되지 않는 후미진 곳을 찾아가는 여정이다. "어스름질 때만 보인다는/ 소금의 길", 있는지조차 확신할 수 없는 그 희미한 경계의 길은 시인의 예민한 감각과 소명과도 같은 끈기로서만 걸어갈 수 있는 길인 듯싶다.

찰나로서만 포착되는 저 너머의 세계 혹은 경계의 이미지는 시집 내에서 여러 차례 반복된다. 그 중 대표적으로 꼽

아볼 수 있는 것은 아마도 '노을'일 것이다. 노을이라는 것은 이 세계의 빛과 어둠이 교차하는 순간 파장의 장단과 빛의 산란으로 생겨나는 현상이다. 그것은 분명 있다고 말할 수밖에 없는 찰나이자, 빛과 어둠 중 어느 한쪽에 속한다고 명확히 말할 수 없는 경계의 순간이기도 하다.

이 시집엔 저무는 시간으로 흐르며 봄눈처럼 녹아 사라지는 것들의 빛깔로서의 노을(「나의 지중해」), 해질녘 제 몸을 태워 소금으로 화하는 물그림자와 짙게 숨겨져 있는 물결 문양의 도시를 드러내는 종소리로서의 노을(「물비늘 성당」), 어둠과 물비늘의 저녁 사이 새들의 발자국을 닮은 가시나무에서 붉게 배어나오는 노을(「붉가시나무 정원」) 등 수많은 노을들이 빛이 산란되듯 색채를 달리하며 그려져 있다.

이처럼 이연자 시인의 첫 시집 속엔 삶과 죽음, 빛과 어둠, 뭍과 물 등 상반되는 두 영역이 포개어지는 풍경들이 빈번하게 형상화되어 있다. 서로 다른 두 세계가 맞물리는 순간 양쪽의 힘이 부딪치며 발생하는 그 시적 힘겨루기를 시인은 "끝과 끝이 만나는 소름"(시인의 말)이라고 부른다. 쉽게 포착되진 않지만 분명히 존재하는 세계의 경계선과 어느 한쪽으로 허물어지지 않는 시적 긴장감 속에서 시인의 독특한 미학은 탄생하는 듯싶다. 이제 그 아름다움의 세목을 더 자세히 살펴보기로 하자.

## 2. 작은 존재들을 위한 시

세계의 경계를 넘나드는 시인의 시는 자연스레 그 너머의 비가시적 존재들에 대한 인식으로 이어진다. 「모네의 수련들」이라는 작품을 보면 물고기들의 산란기에 포식자로부터 알을 보호하는 수련의 모습이 그려진다. 잘 알려진 모네의 수련 연작을 감상하며 거장이 만들어낸 연못의 풍경과 색채의 조화에 감탄할 순 있지만, "검고 아름다운 저 모네의 수련 밑에서" "물고기들이 자꾸만 태어난다는 것을 우리는 모르"고 살아간다. 그러나 보여지는 것 너머를 바라보는 시인의 작품 속에서 모네의 수련은 작은 치어들을 지키는 파수꾼으로 화하고, "햇빛과 바람"과 "물결무늬 구름들"은 모두 그 작은 생명의 탄생을 위해 한데 힘을 쏟는다.

언뜻 보기에 전혀 다른 인과를 지니고 있는 존재들일지라도, 이처럼 시인이 만들어낸 세계 안에서는 자연스레 하나의 연결고리를 가지게 된다. 꽃눈으로 헤엄치던 새우가 녹아 항아리와 살구나무가 한 호흡을 뱉고 나면 봄이 찾아오고(「곰소항에서」), 새소리에 찍힌 지문과 발자국, 형용하기 힘든 물과 산의 기이한 빛들이 모두 모여 노을의 우체통을 만든다(「노을 우체통」).

일반적인 관점에서 개체individual란 어원 그대로 더 이상 분할될 없는 독립적인 단위를 뜻한다. 물론 그것은 나누어지면 생을 보장받을 수 없는 생명의 최소 단위이기도 하겠지만, 철학적인 관점에서는 독립된 개별 인식을 지닌 존재의 단위이기도 하다. 하지만 시인이 만들어내고 있는 이 세계 속에선 저수지의 "물과 빛으로 출렁거리는 구름", "느릿느릿 걸어오는 소금쟁이", "모기 애벌레 별자리", "바닥에 고인 진흙", "진흙을 먹고 사는 잉어, 붕어, 물뱀", "뗏목 관리인"(「저수지의 육체」)이 모두 저수지라는 육체를 이루는 것처럼, 전혀 다른 크기를 지니고 있는 존재들이 하나의 유기체로서 연결되어 있다.

굴참나무 밑에 나는 아버지를 묻었죠
굴참나무 껍질에 사는 참개구리 곡비들,
깨어나는 오월이었지요

나는 물렁한 몸으로 살아가는 영혼들이
잎이 되고 그늘이 되고 다시 열매가 된다고 믿어요

그러니까 굴참나무를 함부로 오를 수가 없죠
매미들도 세상으로 소풍 나와서 좋은 계절
제 뿌리를 찾아가 무지개를 만나듯이
나는 노을 진 곳에 아버지 위패를 모셔두었지요

물방울 촉촉이 뒹구는 나라
한줌 흙으로 가는 길
아버지, 모시나비 애벌레와 함께 지내고 있을까요?

나뭇잎 신발을 신고 무덤은 아직도 자라죠
저기 저, 굴참나무 아버지!

곧 망종亡種이 온다고

안개 줄담배로 톡톡 헛기침하는 소리 들리네요

—「굴참나무와 망종과 아버지」 전문

위 시편에는 아버지를 떠나보내야 했던 '나'의 이야기가 그려져 있다. 참개구리들이 곡비처럼 울어주는 5월, 나는 굴참나무 밑에 아버지의 시신을 묻는다. "제 뿌리를 찾아가 무지개를 만나"는 장소이자 "노을 진 곳에 아버지 위패를 모셔두었"다. 앞서 살펴본 것처럼 '노을'이 빛과 어둠의 경계에 속한 세계라면, 무지개 또한 여러 신화에서 하늘과 땅을 연결하는 통로의 일종으로 묘사되곤 한다. 구약 성서에서는 신이 인간에게 보낸 약속의 표지로서 무지개가 등장하기도 한다.

그렇기에 나는 그곳에 자라나는 "굴참나무를 함부로 오를 수가 없"다. 그것은 아버지가 묻힌 신성한 장소를 훼손할 수 없기 때문이라기보다는, 아버지의 존재 자체가 이 세계의 경계를 넘어 굴참나무의 일부로 변화했다고 내가 진심으로 믿고 있기 때문이다. 아버지의 형상을 지녔던 물렁한 몸은 이제 자라나는 나무의 양분이 되어 "잎이 되고 그늘이 되고 다시 열매"가 되었다. "굴참나무 아버지"는 "나뭇잎 신발을 신고" "모시나비 애벌레와 함께" "물방을 촉촉이 뒹구는 나라"에서 또 다른 존재로 살아가고 있다. 그러니 나에게 여러 개체들이 함께 "깨어나는 오월"은 아버지의 기일이기도 하지만, 다른 존재들의 씨를 뿌린 망종亡種의 절기가 다가오는 시간이기도 하다.

아버지의 부활을 위해 생의 경계를 건너고 하늘의 칠성을 만들며 잊힌 자들을 구원했던 바리공주처럼, 시인은 "계수나무가 된 아버지 밑에서" "일곱 개의 조약돌"을 모아 바람과 잎사귀들의 "가장 낮은 입말"(「소원」)과 지저귐을 듣는다. 이들이 다른 세계를 넘나들고 쉽사리 인지되지 않는 존재들의 목소리를 들을 수 있었던 것은 천성적인 예민함과 따스함 덕분이겠지만, 무엇보다 그녀들 스스로가 태어나자마자 소거되어야 했던 또는 다수자들에 의해 억압받아야 했던 존재들이기 때문이기도 하다.

그렇기에 "물금 그어진 갯벌"이자 "수평선도 밟지 않는" "여자만 들어갈 수 있는"(「여자만의 봄」) 그들의 세계는 위계의 피라미드가 아닌 작은 존재들을 위한 내재성immanence의 평면에 가깝다. 그 존재적 평면도는 이질적이고 잠재적인 가능성들이 존재할 뿐 어떠한 준칙이나 분할도 없는 곳으로 형상화되는 듯하다. 그곳엔 강도의 차이를 두고 만들어지는 각각의 양태와 사건들만이 뒤섞여 있는 것 같다.

그렇게 선후와 위계가 잠시 동안 사라진 장 안에서는 개별 존재들이 커다란 세계를 위해 톱니바퀴처럼 소모되는 것이 아니라, 세계 전체가 그 하나의 존재를 위해 움직이기도 한다. 그러한 순간의 절정을 보여주고 사례가 「모란이 필 때」라는 시편이다.

상실 이후의 찬란한 슬픔에 초점을 맞추고 있는 영랑의 모란과는 달리, 이 작품은 한 존재가 움트는 찰나의 순간에 시의 운명을 걸고 있다. 담장과 장독 사이 웅크리고 있던 작은 모란이 피어나는 순간 밤의 풀벌레들조차 숨을 죽이고 모든 세계가 침묵에 빠진다. 죽은 자의 넋을 기리는 "삼우제의 한낮"이 되어서야 모란은 "낮달을 찢고" 이 세계의 붉은 상처처럼 피어난다. 그 "입술에 접힌 꽃빛들" 위에서 나비들은 춤을 추고, 펼쳐진 꽃잎의 부피만큼 "오월도 얇아"진다. 이 세계의 체적이 줄어든 것이 분명한 그 순간 왠지 시를 읽는 우리들의 "슬픔은 더 두꺼워"진 듯 느껴지기도 한다. "작은 것이 큰 것을 키운다"(「오월에 대한 명상」)는 구절은 뻐꾸기를 대신 키우는 어미 박새를 지칭하는 표현으로 쓰였지만, 작은 존재와 커다란 존재가 궤도의 중심축을 서로 뒤바꾸는 시인의 시 세계 전체로 치환되어도 성립 가능한 표현인 것 같다.

### 3. 시간의 발자국

쉽사리 보이지 않는 존재들에 대한 시인의 관심은 자연물뿐만 아니라 일상을 살아가는 사회 구성원들에게도 닿아 있다. 예컨대 「책속의 무덤」이라는 작품을 살펴보면 "인쇄소기계 골목에 사는 종이 여자"에 관한 이야기가 나온다. 그녀는 활자와 잉크로 만들어진 "책의 꿈"을 꾸며 살아가는 사람이다. 그것은 분명 낭만적이긴 하나 그녀에게 물질적으로 크게 이득이 되는 일은 아닌 듯하다. 칼보다 무서운 호젓한 문장들과 종이에 베여 "손가락 하나 잃은 것도 잊"은 채 "책 속의 활자무덤"에 스스로 묻히길 바라는 그녀는 다소 미련하고 안타깝게 느껴지는 사람이다.

「장미 폐차장」이라는 시편에서도 고물이 된 바퀴들에 뒤섞여 살아가는 한 사내의 일상이 그려져 있다. 그곳은 온갖 쇠의 기름과 녹으로 점철된 골목이지만, "쇠밥을 먹고 사는" 그가 고철들로 "수만 송이 장미"를 피워내는 장소이기도 하다. 이름과 번호를 지운 바퀴들이 "장미 곁에서 또 다른 이름"을 부여받을 수 있도록 반복되는 그의 노동은 "무릎 꿇고 기도하는" 수도자의 고집스런 행위와 겹쳐지는 듯싶다.

랑시에르는 보이지 않는 것들이나 제 몫을 지니지 못한 존재들을 가시화하는 미학에 대해 이야기한 적이 있다. 그에 따르면 이 세계에는 자신의 몫을 미처 할당받지 못한 이들이 존재한다. 그들은 사회적으로 소외된 자들일 수도 있고, 발화의 마이크를 쥐지 못한 이들일 수도 있으며, 처음부터 인간의 가시화된 삶의 영역에 포함되지 못한 너머의 존재들일 수도 있다. 삶의 양지에 놓여 있거나 이미 언어를 점유하고 있는 이들 대신에, 세계의 바깥이나 그늘에 놓여 쉬이 보이지 않는 이들에게 이름을 붙이고 언어를 돌려줄 때 새로운 '감성의 분할' 혹은 '감각적인 것의 나눔Le Partage du sensible'이 가능하다고 그는 주장했다.

어두운 그림자를 삼키고 나서야 아름다운 무지개를 뱉어내는 연못처럼(「세 개의 심장이 뛰는 연못」), 화려한 꽃과 열매의 이면에 나뭇잎과 나이테의 그늘이 있다는 것을(「나무 물고기는 죽지 않았다」) 인지할 때 새로운 감각의 아름다움이 탄생할 수 있다는 것이다.

물고기는 없었다
바람과 햇빛이 기웃거린다
소나무는 죽었고
제 생을 그루터기로 남겨두었다

그루터기 의자,
무릎 꿇고 있는 여자가 있다
초승달처럼 흰 여자
모래바람이 일어도 꿈쩍거리지 않았다

침묵은 오래된 경전인데
나는 첫 페이지도 읽지 못했다
석불 근처
돌 속의 새와 거북이는 유순하다
지평선도 그곳으로 기울어질까
건반 없는 바람이 나를 두드린다
당신이 부르는 성가
나는 소음으로 가득 채워진 사람

무릎 꺾는 법을 배운다
나도 침묵으로 녹슬어 가고 싶다
폐허를 지닌 심장이고 싶다
들풀로 자라는 사월이고 싶다

모래수도원

침묵 속으로 사라지는 곳이라고 했다

—「모래수도원」 전문

위 시편에서는 죽은 소나무의 "그루터기" 앞에서 "무릎 꿇고 있는 여자"가 한 명 등장한다. 그녀는 스스로를 "소음으로 가득 채워진 사람"이라고 칭하며, 침묵 속으로 사라진 존재들을 동경하는 듯 보인다. 자신의 언어를 지니지 못하고 사라진 이들의 삶의 방식을 꿈꾼다는 점, 그 앞에서 자신을 낮추고 겸허한 태도를 보인다는 점에서 그녀의 모습은 낮은 이들을 떠받드는 모종의 수도사를 연상시킨다. "낮아지는 법"을 "삶의 일부"(「오래 낮아지는 법」)로 받아들이는 이러한 겸허함은 시집 내 여러 작품 속에서 발견되는 시적 화자의 공통된 모습이기도 하다. 그녀는 아름다운 신의 세계를 희구하듯 고요한 침묵의 세계를 꿈꾸고 있는 듯 보인다.

그러나 모래 위에 세워졌다 신기루와도 같이 사라지는 수도원처럼, 잠깐만 모습을 드러내는 그 침묵의 세계에 가닿는 것은 마냥 쉬운 일이 아닌 것 같다. 그것은 우리가 언어라는 매개를 통해 무언가를 표현하고 인식하는 유한자들이기에 더욱 어려운 일일지도 모른다. 엔도 슈사쿠가 『침묵』을 통해 그려냈던 것처럼, 신의 아들조차도 침묵을 견디지 못하고 '엘리 엘리 라마 사박다니'라는 최후의 외침을 남겨야만 했던 것처럼, 정적과 묵언을 거대한 이의 예지와 안배로 받아들이는 일은 수도자나 예언자들에게도 어려운 고뇌와

시험의 길인 듯하다. 그녀 역시 다음과 같이 되뇐다. "침묵은 오래된 경전"이지만 "나는 첫 페이지도 읽지 못했다".

그 유한자로서의 어려움은 인지의 한계 때문에 발생하기도 하지만 동시에 육체적인 제한 때문에 생겨나기도 할 것이다. 시간 아래 조금씩 마모되어가는 운명을 지닌 우리들에게 찰나의 영원과도 같은 침묵의 세계는 바라지만 닿을 수 없는 이상적인 무엇에 가까울지도 모르겠다. 그렇기에 위 시편에 등장하는 '석불'은 여러모로 의미심장하게 읽힌다. 석불은 구원자 혹은 종교적 성인의 형상이지만 유한한 질료에 새겨진 영원의 상에 가깝다.

시집에 등장하는 '목어' 또한 비슷하다. "산빛을 모아 수평선을 만들어놓았던 사람"처럼, 시인은 수해樹海의 빛과 그림자를 한데 모아 "청평사 목어"(「목어의 눈동자」)를 생성해낸다. 이는 시인이 감각한 어떤 찰나의 세계를 박제한 형상물이나, 시간 앞에 조금씩 닳아 없어질 조탁물이기도 하다. 영원을 희구하는 시가 늘 언어에 매어 있듯, 이들 역시 현실의 유한한 시간에 유폐되어 있는 듯하다.

그렇지만 이러한 시간의 폭력에 내던져진 시인의 반응과 태도는 체념과 순응의 정서와는 결이 조금 다른 듯싶다. "모래 바람이 일어도 꿈쩍거리지 않"는 시인은 오히려 그 시간성을 적극적으로 활용하는 것 같기도 하다. 「남방큰돌고래」라는 작품의 "희고 물렁한" "파도"나, 「홍시 은하계」의 "물컹물컹 익어가는" "홍시" 등은 시인의 시간관을 보여주는 좋은 사례가 된다. 이들은 단단했던 존재들을 둥글게 만들거나 혹은 물렁하게 변화시키는 시간을 함축하고 있는 시어들이다. 그것들은 시간에 의해 닳고 닳은 유한한 존재들의 한계를 드러내지만 또 역설적으로 어떤 가능성을 담고 있기도 하다.

년마다 늘어나는 세월은 분명 작은 존재들의 삶을 조금씩 마모시키지만, 내부의 "나이테 안쪽으로 번지는 빛의 우물"은 한 존재가 거쳐온 깊이와 그늘로서 "단단해진 수피"(「나무 물고기는 죽지 않았다」)가 되어 잔인한 시간을 견뎌내는 유한자의 버팀목이 되어주기도 한다. 그러니 그루터기 앞에 앉아 있던 여자가 단순히 끝나버린 존재의 쓸쓸함만을 추모했던 것은 아닌 듯하다. 그녀는 겉으로 보았을 때는 알 수 없었던, 한 존재에 새겨진 시간의 겹과 흔적을 조심스레 읽어내고 있었던 것은 아니었을까.

다시 처음의 시로 돌아가 보자. 바리데기를 계승하듯 먼 길을 떠났던 시인이 노을에 비친 물비늘처럼 아주 잠깐 드러나고 사라지고 마는, 아니 "처음부터 없었는지 모"를 그 흔적들을 발견할 수 있었던 또 다른 이유는 아마도 시인의 끈질긴 집념이 아니었을까 싶다. "죽을 때까지 제 발굽 상하지 않게/ 길을 걷는다"고 알려진 당나귀처럼, 자신의 고집대로 작은 존재들의 샛길을 따라 걷겠다는 우직함이 그 고된 발걸음을 계속 이어가게 만들었던 것 같다.

그런 의미에서 "발자국은 하나의 돛배"(「북극」)라는 모호했던 시의 한 구절은 이제야 설핏 이해가 간다. 그것은 시인의 여정이 단순히 자신의 자취를 남기는 일이라기보다는,

앞서 걸었던 존재들의 흔적을 좌표 삼아 시간의 길을 함께 걸어가는 일에 가깝기 때문이다. 세계의 경계에 놓인 그 희미한 발자국들은 신기루처럼 이내 다 사라지고 말겠지만, 자꾸만 지워지는 "저 물의 발자국을 쫓아가"(「두물머리의 저녁」)다보면 "세상 풍광을 바꾸는데 능하다는 소금"(「소금의 길」)처럼 언젠가 이 시들도 세계의 풍경을 잠시나마 뒤바꿀 수 있지 않을까. 그 찰나에 생을 걸고 시인은 묵묵히 자신의 길을 걷는다.

현대시세계 시인선 121

세 개의 심장이 뛰는 연못

지은이_ 이연자
펴낸이_ 조현석
기　획_ 고영, 박후기
펴낸곳_ 북인
디자인_ 푸른영토

1판 1쇄_ 2020년 10월 27일
출판등록번호_ 313 - 2004 - 000111
주소_ 121 - 842 서울 마포구 서교동 467 - 4, 301호
전화_ 02 - 323 - 7767
팩스_ 02 - 323 - 7845

ISBN 979-11-6512-121-1　03810


이 도서의 국립중앙도서관 출판예정도서목록(CIP)은 서지정보유통지원시스템 홈페이지(http://seoji.nl.go.kr)와 국가자료종합목록시스템(http://www.nl.go.kr/kolisnet)에서 이용하실 수 있습니다. (CIP제어번호 : CIP2020043316)

책값은 뒤표지에 있습니다.
저자와 협의 아래 인지를 생략합니다.